A TEORIA
DA LUZ AO CAOS

2020

CESAR CARVALHO

Todos os personagens nesta obra são fictícios, quaisquer semelhanças são meras coincidências.

Para minha esposa Priscila, que me apoia e incentiva no decorrer de meus dias.

Agradecimentos

Agradeço primeiramente a meus pais, pela educação que me deram, sem eles seria impossível construir esta obra. Aos meus amigos, com os quais aprendi muito desde a infância. Agradeço, ainda, a todos que leram e participaram, ainda que de forma indireta na construção e publicação deste livro.

PRÓLOGO

Buenos Aires

Arianna caminhava como todas as manhãs pelo jardim da Casa Rosada, antes da abertura ao público, como fazia todas as manhãs. Olhava para a Plaza de Mayo onde já conseguia ver alguns turistas curiosos e se lembrou de quando ainda era uma menininha, e sua mãe a levava para alimentar os pombos e sempre contava algumas histórias sobre a grandiosa Casa Rosada, em especial como ganhou a famosa cor rosada de forma sangrenta, pintada com gordura e sangue, resultado de uma chacina de bovinos, fazendo perfeita alusão à trégua entre o comunismo e os regimes de direita após muita guerra. Ao adentrar no palácio, um de seus assessores lhe informa o início de uma reunião importante. Arianna, então, respira fundo, para por um momento, e velhos pensamentos lhe vem à cabeça: "Talvez seria melhor ter uma vida mais simples e tranquila". Ela então caminha pelos corredores do palácio e se sente, como sempre, como se fosse a primeira vez, observando as pinturas e a arquitetura por uma ótica diferente. Agora, ela pode observar os retratos dos presidentes anteriores a ela, eram todos homens brancos, com apenas uma única exceção, Cristina Kirchner, a quem sempre admirou por ser a primeira mulher presidente da Argentina, e se sentiu orgulhosa por ser uma representante feminina no poder.

Quando entra em sua sala, vê três homens sentados, vestindo ternos caros feitos sob medida, com olhares arrogantes por terem que se submeter a uma mulher. Ela observou aquele mesmo detalhe em comum: homens brancos.

— Senhora presidente, é a última vez que vou lhe dirigir a palavra quanto à questão de energia, não posso mais viver com suas ideias utópicas. — Diz Sousa, o presidente da ENRE (Agência Reguladora de Fornecimento de Energia Argentina).

Neste momento, Arianna pensa como seria fácil, com apenas uma assinatura, depor Sousa de seu cargo, mas lembra dos acordos políticos e de como não poderia "queimar" seus créditos neste momento em que o país estava enfrentando uma crise, precisava de todo apoio e não poderia se dar ao luxo de causar problemas com a oposição, oposição esta que estava à espreita esperando qualquer deslize para lhe causar problemas. Então ela diz:

— Caros, tenho certeza de que logo superaremos a crise elétrica que nosso país está enfrentando, venho investindo, fazendo um acordo com nossos vizinhos, mas, além disso, investindo em novas ideias, entre elas a construção de uma nova usina que irá nos libertar do fornecimento internacional de energia, teremos nossa própria produção, barata e limpa, confiem em mim, este ano será de mudanças, o povo conta conosco, não vamos mais lidar com a truculência dos governos de países vizinhos, nós tornaremos a Argentina mais forte, mais independente. Estamos reescrevendo a história, meus amigos.

O olhar no rosto dos homens era de desdém, porém sabiam que estavam lidando com uma mulher poderosa e influente. Ambos saem da sala esbravejando. Arianna se senta, coloca os braços sobre a mesa, relaxa por um momento e se lembra dos ensinamentos de sua mãe, sobre sempre manter a calma e sempre tomar decisões usando a lógica. Ela pega o telefone e liga para seu amigo Montoya:

— Caro amigo, acho que vamos ter que conversar sobre aquele seu projeto.

CAPÍTULO 1

— Michael, você acha mesmo que eu vou sair com você? Olha para você, garoto, seu bafo está péssimo, e essa cara de bêbado...

Então a garota bem vestida se afasta com um passo firme. Neste momento, os amigos de Michael se aproximam e lhe enchem a cabeça de tapas.

— Saiam daqui, seus babacas — diz Michael enquanto toma mais uma dose de tequila. Ele olha para as paredes escuras do bar, era possível ver a tinta velha, com aspecto sujo. Já se sentindo meio zonzo com a bebedeira, observa ainda as janelas fechadas e também com cortinas escuras e pensa: "Seria uma economia de energia muito grande deixar a luz passar pelas janelas, pintar as paredes de branco e quem sabe até abrir uma claraboia no teto". Então se lembrou que um bar precisava ter um ambiente "dark" para colocar as pessoas no clima.

— Cara, pare de pensar em energia um pouco — diz Jonas, já sabendo o que se passava na cabeça do amigo. Ele o conhecia há tempo suficiente para já saber o que se passava apenas com o olhar.

Jonas se lembrou do quanto Michael era "transparente". Em uma certa ocasião, Michael perdeu uma prova e disse ao professor que não pôde ir porque "o carro estava um pouco quebrado". Jonas sempre recontava esta história e ria muito com o fato.

— Jonas, você é um grande amigo, mas acho que vou para casa, estou meio ruim e preciso estudar amanhã.

— Mas é um nerd mesmo.

Quando chega em casa, ele tira os tênis dos pés e os deixa no corredor, retira a calça jeans surrada e a deixa também pelo chão, tem que abrir espaço pelos livros jogados no chão para conseguir chegar à cama bagunçada. Dá um sorriso e pensa: "Se minha mãe estivesse aqui, ela me mataria". Tentando dormir a qualquer custo, a imagem do bar ainda pairava sobre sua cabeça, aquele lugar escuro, o balcão de peroba e seu verniz com diversos arranhões, a sujeira que ao longo dos anos foi se concentrando e assim refletia a luz amarela de uma maneira única. Neste momento, Michael se levanta com um pulo, pega o telefone e liga para Jonas.

— Michael, meu amigo, volte para o bar, estou conversando com uma garota, e ela tem uma amiga...

Michael o interrompe.

— Jonas, eu já sei qual vai ser nosso projeto.

— Meu Deus, Michael, você precisa ter uma vida social também, sabia?

— Amanhã, no laboratório, eu te conto os detalhes, tente descansar um pouco, temos trabalho pesado pela frente.

— E lá vamos nós...

Jonas desliga o telefone, abre um sorriso e se despede pensando: "Michael, Michael, o que você vai aprontar agora?".

Quando Michael acordou de seus leves cochilos, sentiu a cabeça pesada e dolorida, os olhos vermelhos mal podiam ficar abertos, mas por dentro se sentia alegre e eufórico com a ideia que tivera, agora bastava escrever sua teoria e realizar os testes de laboratório. A manhã estava chuvosa. Ele estava com os tênis gastos já encharcados e detestava andar com os pés molhados, mas, neste dia, não estava se dando conta do incômodo, apenas pensava num jeito de testar sua teoria. Chegando no laboratório, empurrou as tralhas que foram usadas no ultimo "show de física", um pequeno espetáculo feito para os alunos do ensino médio que não passava de truques básicos, porém era divertido ver como os alunos reagiam ao ver seus próprios cabelos literalmente em pé ao tocar numa Bobina de Tesla, ou congelando objetos aleatórios usando nitrogênio líquido. Já em sua bancada de trabalho, tirou da mochila alguns itens que, a um primeiro olhar, pareciam não ter qualquer ligação.

— Hum, vejamos o que temos aqui: um prato, uma bola de ping-pong e uma bola de tênis? Então é isso, Michael? Acho que esses esportes já existem. — Esbravejou Jonas com um olhar sonolento por Michael tê-lo tirado da cama cedo após uma noite de bebedeira.

Jonas se lembrou dos tempos de infância, quando o maior passatempo era desmontar computadores velhos com Michael e tentar fazê-los funcionar. Se lembrou de como Michael era teimoso e não desistia fácil de um projeto, se lembrou perfeitamente do dia em que Michael montou uma estação de rádio pirata usando um esqueleto de guarda-chuvas quebrado como antena e como havia ficado maravilhado com aquilo. "Michael é um gênio, meio doido, mas ainda sim gênio."

— Vamos, Michael, comece logo com isso, não tenho o dia todo.

— Por que a pressa, Jonas? Muitos encontros do Tinder hoje? — Retrucou Michael sendo irônico.

Hoy en Dìa Jornal — Buenos Aires, 02/03/2018 — CRISE ELÉTRICA AFETA TODO O PAÍS

Com a escalada de tensão entre os governos do Brasil, Paraguai e Argentina, o Brasil ameaça cortar a cota argentina de energia gerada por Itaipu, caso a Argentina não ceda aos acordos políticos. Há especulações de que Paraguai se uniu ao Brasil, com isso, aumenta a tensão nas três fronteiras. Desde o início do ano, há atritos políticos entre esses países devido às posições políticas polarizadas terem se tornado cada vez mais radicais. O Brasil ainda efetua manobras militares próximas à fronteira. Especialistas especulam se tratar de provação contra a Argentina.

—Jonas, qual é o princípio básico da geração de energia elétrica?

"E lá vamos nós de novo". Olhando Michael com melancolia, ele responde lentamente:

— Movimento mecânico, um alternador começa a girar e blá blá blá.

— Isso. E qual poderia ser a fonte do movimento mecânico?

"Ele não se cansa mesmo", pensou Jonas se rendendo à brincadeira.

— No Brasil, a fonte mais comum é uma turbina movida pela correnteza de um rio. Ou uma termoelétrica que utiliza óleo diesel para mover seus motores e jogar toneladas de gás carbônico no ar. - Disse Jonas ironicamente, lembrando do quanto mudaram em relação à preservação ambiental.

— Exato, vamos mover uma turbina parecida.

Jonas riu alto, pensou um segundo e respondeu:

— Michael, já passamos da fase de queimar carvão, óleo, etc. E seja lá o combustível que você queira queimar, vai aumentar as emissões, e você sabe disso.

Neste momento, Jonas percebe que Michael está na bancada segurando o prato e pensa: "Onde foi que me meti".

—Jonas, sei que você vai pensar que sou maluco...

—Imagina. Eu pensar que você é maluco, nunca. – Disse Jonas com um riso torto e deboche no olhar.

— Quando eu estava no bar ontem à noite, me lembrei de como a luz solar é importante... A energia move tudo, inclusive nossos corpos vêm dela.

—Vêm? — Questionou Jonas provocando ligeiramente o amigo.

—Sim, qualquer alimento que você consume possui uma energia intrínseca vinda do sol, por exemplo. Quando você ingere plantas, elas obtiveram energia justamente do sol, pelo processo de fotossíntese, e quando você come proteína animal, eles obtiveram energia das plantas, e assim por diante.

— Vamos ter uma aula sobre a cadeia alimentar agora, Michael? Vai mudar de curso? Biologia? Interessante.

—O que quero fazer é exatamente o que as plantas fazem.

Jonas fez uma pausa, segurando o riso, como se estivesse segurando algo que tinha para dizer, mas não se contém e solta:

—Onde você quer que eu te plante, Michael?

Por um breve instante, Michael perdeu a postura séria, e um sorriso surgiu em seu rosto, pegou squeeze sobre a mesa, tomou um gole de água e prosseguiu:

— Vamos transformar CO2 em CO, que por sua vez é inflamável, sua queima aquece a água na caldeira, que vira vapor e move a turbina como em uma usina nuclear, mas totalmente seguro e limpo, seria um sistema híbrido.

Jonas ficou pensativo, logo em seguida perguntou?

—E como você pretende transformar CO2 em CO?

—Simples, um catalisador de níquel.

—Interessante, realmente é uma boa ideia, mas não tão simples de ser executada, precisaríamos de grafeno para construir este catalisador, e eu sei que isso é muito raro e caro, na verdade eu nem sei se grafeno já é produzido em massa.

— Elementar, meu caro Watson. – Retrucou Michael sem o menor jeito para fazer trocadilhos. Jonas ria muito sobre os erros de "timing" das piadas mal elaboradas de Michael.

Prosseguiu ele:

— Não fosse o fato que descobri como usar grafite para fazer esta função. Esta bola maior é o grafite, a menor é o grafeno, giro a bola menor ao redor do prato, e ela se mantém estável. Agora vou girar a maior, e, como você pode ver, o resultado é parecido, com uma pequena diferença.

Boquiaberto, Jonas respondeu:

— A velocidade, você é um gênio. Michael, a indústria do petróleo vai querer te matar.

CAPÍTULO 2

"Mas o que é que vou fazer para ir para casa?", este era o pensamento de Angelina olhando para o trânsito carregado de São Paulo pela janela do escritório, já cogitando a ideia de atravessar a rua e ir matar o tempo no bar. Ao se levantar, ela observa alguns funcionários olhando para ela e se sente incomodada. "Maldita política de portas abertas". Ela veste seu casaco e pega a bolsa, então o telefone toca. "Só pode ser brincadeira, bem na hora de sair", esbraveja.

— Alô.

— Senhorita Angelina, estou com um professor de universidade na linha.

— Transfira para mim, por favor.

Angelina assumiu recentemente o departamento de investimento em pesquisas para novas tecnologias. Era uma das condições quando assumiu como diretora. A pesquisa era sua paixão, e nunca desprezou uma boa ideia, porém tinha em mente o quanto ideias originais eram raras.

— Senhorita Angelina, aqui é Martínez, sou professor de física termoelétrica da univers....

— Eu sei quem o senhor é, desculpe a grosseria, mas em que posso te ajudar? Seja breve, por favor.

"Detesto falar com esses executivos, eles sempre se acham superiores a tudo e a todos", pensou Martínez.

— Bem, dois de meus alunos desenvolveram um projeto para geração de energia limpa, barata e eficiente, e acredito que sua companhia pode ter interesse em financiar um protótipo ou algo do tipo.

Angelina já ouviu esse discurso centenas de vezes, e o maior projeto que viu vindo de conversas como essas até hoje foi de um painel solar em forma de árvore.

— Professor, eu já ouvi discursos como esses muitas vezes, o que há de revolucionário nesta ideia? Mais um painel solar? Mais uma turbina eólica?

— Na verdade, vamos transformar poluição em energia.

"Essa eu pago para ver", pensou Angelina.

— Muito bem, professor, não posso ficar mais nem um minuto neste escritório, me envie um resumo por e-mail, minha secretária vai lhe informar o endereço. Até breve.

Ela se sentou novamente e pensou em como seria incrível um projeto desses, mudaria a história, mudaria o mundo, se escalável, mas sabia da dificuldade de descobrir uma ideia realmente original. Certa vez, quando ainda era menina, ela escreveu um pequeno livro com algumas poucas páginas e foi correndo mostrar ao pai, se sentindo orgulhosa do trabalho. O pai, no entanto, leu com seriedade as páginas escritas por ela e disse:

— Filha, sabe qual é a essência de uma boa história?

— Ser divertida? — Disse ela, entusiasmada.

— Não, filha, uma ideia original, essa é a essência de uma boa história.

A menina, então, percebeu que havia usado algumas ideias de filmes que assistiu com o pai em seu livro e descobriu como era difícil ser um autor de um bom livro.

Angelina estava no balcão do bar, pensativa, fazia pequenos círculos com os dedos na água que escorria de sua caneca de cerveja e pensou: "Condensação". Era inevitável ver a ciência por onde quer que olhava. "Lá vou eu de novo ver outro projeto maluco. Por que eu faço essas coisas? Deveria focar nas finanças, que é onde o lucro está.

Se lembrou das diversas vezes em que ouviu na vida: "Se você tivesse comprado algumas ações todos os meses, hoje você seria uma mulher de sucesso". Ou a versão mais atual: "Se você tivesse comprado Bitcoins no começo desta tal criptomoeda, onde estaria agora? ". Se esqueciam que ela já era uma mulher de sucesso. "Essas pesquisas não estão me levando a lugar nenhum." Do outro lado do salão do bar, um rapaz flertava com Angelina. "Eles não cansam? Só quero um pouco de paz". Angelina era muito bonita e sempre bem-vestida, embora não gostava das roupas sociais. Era mandatório se vestir bem para o cargo de executiva. "Até que ele é bonito", pensou ela, se lembrando de que fazia muito tempo que não saia com ninguém. "Bem, hoje não, não estou com cabeça para isso."

6:15, mostrava a tela do celular enquanto fazia barulho sem parar. Angelina deu um leve tapa no rosto do rapaz ao seu lado na cama e disse:

— Anda, se vista e suma logo daqui, preciso sair.

— Mas… Mas… — Gaguejava o rapaz ainda atônito e com sono.

— Apenas vá embora, está bem?

— Posso pegar seu telefone, pelo menos?

— Qual parte de ir embora você não entendeu? — Disse ela enquanto o empurrava para fora e fechava a porta. Logo em seguida abriu a porta novamente e jogou o par de tênis para fora. "Droga, droga, não era isso que estava planejando." Angelina tomava um café enquanto esperava o Uber para ir até a universidade, ainda pensando que talvez não fosse uma boa ideia ir até lá. Mas, ainda que relutante. entrou no carro.

Hoy en Día Jornal — 11/04/2018 — APAGÕES POR TODA ARGENTINA

Buenos Aires amanheceu sem energia elétrica nesta quarta-feira. O governo entrou em contato com os países vizinhos, mas um acordo parece distante, as termelétricas foram acionadas para suprir a demanda, porém sua instabilidade vem causando oscilações em todo o país. Hospitais e frigoríficos são os mais afetados. Estima-se que, se nada for feito, os apagões serão cada vez mais frequentes. O governo brasileiro não se pronunciou.

— Cristina, reserve três passagens para Arequipa, vou lhe enviar os dados dos passageiros.

Angelina desligou o telefone tomada pela euforia e mal acreditava no que via, a ideia apresentada por Michael e Jonas na universidade era incrível. Se lembrou de quando ainda estava na universidade e adorava descobertas, lembrou de si mesma apresentando ideias para executivos e hoje tinha a honra de financiar um grande projeto, talvez o maior de sua vida. O melhor lugar para isso era o imenso laboratório e centro de pesquisas da Alchemy Corp, no

Peru, justamente em Arequipa, aquela cidade maluca em que Angelina fez seu intercâmbio com apenas 18 anos. Agora teria que aguentar dois jovens recém—saídos da puberdade por um mês, mas era por uma boa causa, uma ideia dessas não é encontrada todo dia.

Ainda pensava na ideia com desconfiança. Durante toda sua carreira, ela aprendeu a nunca subestimar uma ideia, muito menos superestimar. "As ideias são avaliadas pelos resultados e somente por isto."

— Escutem bem o que vou dizer. Vou dar somente uma oportunidade, não temos recursos suficientes para financiar protótipos o tempo todo, então deem o melhor e serão recompensados, pisem no meu calo e destruo vocês, faço com que nunca trabalhem no setor de energia na vida de vocês, ficou claro?

Angelina sorriu olhando a expressão de pânico nos rostos dos jovens. Ela adorava esse tipo de drama artificial, porém muito bem-trabalhado. "Não espero nada além da perfeição." Esse era o jargão da vida de Angelina, detalhista ao extremo, exigente e muito competente, ela nunca se contentava com pouco ou com qualquer coisa malfeita, às vezes até de uma forma arrogante, mas sempre pensando em fazer as cosias da melhor maneira possível.

— Michael, seu maluco, vamos para Arequipa? O que é Arequipa? Por que Arequipa? Essas empresas inovadoras não ficam geralmente nos EUA ou na Europa? Por que no México? —Indagou Jonas, ainda incrédulo com a reunião com a diretora de uma grande empresa de energia.

— Peru, Jonas, México, não. Arequipa é um lugar como nenhum outro no mundo. — Falou Michael procurando algo no smartphone enquanto falava. —Várias empresas do setor de energia têm ido para lá fazer seus experimentos, pois a temperatura é bem estável, e quase não chove. Li num artigo científico uns dias atrás. E a cidade possui quatro vulcões em suas redondezas.

— Você é muito nerd, sabia? — Sorriu Jonas, lembrando que uma das fixações de Michael era a geografia.

— Bem, algumas pessoas dizem que Arequipa é um ponto estratégico da ufologia também, mas essa parte deixamos para o pessoal das teorias da conspiração com seus chapéus de alumínio.

— Cuidado, idiota, quer que eu te atropele? — Gritou o motorista apressado desviando bruscamente de Martínez.

Martínez estava correndo pelo campus como fazia todas as manhãs e se deu conta de que não era mais como antigamente. Em sua época de auge, o campus era lindo, ruas perfeitamente limpas, árvores cuidadas e jardins deslumbrantes. Hoje as pinturas estão gastas, os prédios sem manutenção, e o que mais irritava Martinez: os motoristas descuidados que cortavam caminho pelo campus. "Eu honestamente não entendo por que não fechamos as portarias para o público." Martinez parou em frente à raia olímpica e se sentou para tomar um ar, lembrando de como era lindo ver os treinos de remo, que hoje quase não existem mais. E, embora esteja cercado de árvores, o cheiro do rio poluído próximo lhe causava náuseas, e as promessas de melhorias nunca eram cumpridas. "Acho melhor eu sair desta cidade", pensou o professor enquanto ouvia o som de uma notificação em seu smartphone, a mensagem dizia:

"Reunião hoje às 18:00, GODP, Praça do Relógio."

Martínez respirou fundo, olhou ao redor e pensou: "Um último trabalho freelancer". Estava pensando em garantir a aposentadoria e se mudar para o interior do estado.

Ao chegar no local da reunião, se sentiu satisfeito por não haver baterias estudantis ensaiando suas batucadas e se lembrou de toda a história e simbolismo que havia naquele monumento. Ao olhar para cima, o professor contemplou os cinquenta metros de altura daquela placa de concreto e os seis painéis esculpidos em baixo e alto relevo, representando os diversos campos da ciência. O painel da astronomia era o predileto de Martínez, uma paixão que nunca foi assumida de forma acadêmica, apenas como hobbie desde a adolescência. Do outro lado do relógio, estavam os seis painéis representando o mundo da fantasia, como arte e filosofia. Martínez observou o pôr do sol iluminando o lado da ciência e pensou: "Parece que a luz está conosco agora". Um breve trocadilho mental. "E lá vamos nós." O professor vê dois homens se aproximando, o horário e o local foram escolhidos propositalmente, o pôr do sol os deixava na penumbra àquele ponto, dificultando a identificação. "Típico da GODP", pensou Martiynez. E sabia que não podia brincar com aqueles homens, pois se tratavam de uma organização secreta que defende os extratores de petróleo a qualquer custo, utilizando de artimanhas, sabotagens e, se necessário, até assassinatos. Porém, nos últimos anos, haviam adotado um novo *modus operandi*. Roubavam ideias novas no campo de energia e registravam patentes em nome de pessoas escolhidas a dedo, essas patentes nunca eram colocadas no mercado, e assim iam preservando o comércio de petróleo. E, caso o setor entrasse em uma crise irreversível, ainda seriam donos das patentes mais valiosas do mundo.

— Professor, o que tem para nós? — Disse o homem sem olhar no rosto do professor.

— Trata-se de protótipo para usar CO2 como combustível, não tem grandes chances de funcionar, mas seria prudente olharmos de perto.

— Quem está chefiando o projeto? — Questionou o agente da GODP com olhar sério, desta vez voltado para o professor.

— Alchemy Corp.

O agente mudou a expressão, seu olhar foi de espanto, e retrucou:

— Você entregou este projeto para a Angelina? Não pode estar falando sério.

— Senhores, como eu disse, esse projeto não é muito promissor, e a Alchemy tem pouca experiência no assunto, está sob controle.

O agente, ainda olhando fixamente para o professor, diz:

— Vamos enviar dois agentes para Arequipa agora mesmo, saiba que o senhor será responsabilizado caso nossa organização sofra algum dano.

O agente saiu sem se despedir. Martínez recebe uma notificação em seu smartphone, era o banco informando algumas cifras caindo em sua conta. Pensou em como a GODP tinha recursos vindos das maiores empresas de petróleo do mundo, de governos, acionistas e todos outros interessados na indústria. "GODP, vocês não são Deus." Embora fizesse alusão a Deus do Petróleo, a sigla significava Grupo Organizacional para Defesa do Petróleo.

— Michael, você já viu algo assim na sua vida? Acho que estou sentindo os efeitos do ar rarefeito, ou seriam os três vulcões que cercam a cidade?

Jonas estava boquiaberto, nunca havia saído do Brasil, se sentia como um "peixe fora d'água".

— Você está claramente exagerando, é uma bela cidade, com um clima peculiar... Olhe só, acho que é o Chachani, não imaginava que era tão grandioso — diz, observando o vulcão inativo Chachani, que pode ser visto de grande parte da cidade, com seu topo acima das nuvens coberto de neve, lembrando as fotos mais emblemáticas do monte Fuji no Japão. Mesmo a alguns quilômetros da cidade, era possível identificá-lo facilmente. No banco da frente do carro que os transportava para o laboratório, Angelina ouvia a conversa dos dois jovens e ria mentalmente para não deixar o ar de seriedade sair de sua face. Em sua posição, não poderia se dar a esse luxo. Lembrou de sua estadia na cidade, e como aquelas ruas foram assustadoras no início e se tornaram sua casa no final. Lembrou dos namorados passageiros, dos amigos e dos problemas vividos. Ao passar pela Plaza de armas, Angelina viu os turistas, em sua maioria brasileiros, fazendo suas selfies em frente à catedral, e se lembrou que já foi um desses. Ao perceber que o carro seguia beirando o rio Chili, Michael se lembrou dos mapas que estudou antes da viagem e perguntou intrigado:

— Por acaso estamos indo para o Misti?

— Como você sabe? Havia dito que nunca esteve aqui.

Angelina percebeu que ele não era um estudante muito comum, a maioria deles perguntava onde era a melhor balada ou bar da cidade, este, contudo, havia estudado a região, a geografia e o clima, inclusive decorou uma parte dos mapas da cidade.

— Senhorita Angelina, meu amigo Michael aqui é um nerd de primeira linha, curioso feito um cão farejador e não tem nada que ele ame mais do que geografia. Mas o que é este Misti?

— Você já vai ver, Jonas. — Respondeu Michael sem tirar os olhos da janela do veículo.

Em pouco tempo, o enorme vulcão Misti surge ao passar por uma colina, ambos ficam boquiabertos e se dão conta de estarem em um carro off road, e isso tinha um motivo, estavam indo para um vulcão em atividade.

— Mas por que raios estamos indo para um vulcão ativo? — Jonas perguntou com uma voz trêmula.

— Eles estão tentando extrair energia térmica do centro da Terra.

Angelina pensou em como esse rapaz pôde deduzir tudo isso

e estava começando a acreditar que o projeto poderia vingar. Olhou para Michael por um momento e reparou que ele não tirava os olhos da janela. "Este menino realmente é diferente", pensou ela. Seu olhar se desviou para Jonas, e este já estava com os olhos em seu smartphone, o contraste era enorme, mas, por alguma razão, eles se completavam muito bem. Angelina se sentiu triste por ter se afastado de suas amigas ao decorrer do tempo e muitas vezes sentia muita falta, por outro lado, dificilmente procurava fazer novas amizades ou ia visitar amigos antigos. O veículo parou em um vilarejo próximo ao Misti, havia uma entrada cavada em uma parede de rochas, como uma entrada de uma mina, sem identificação, com guardas armados a protegendo. Angelina não precisou se identificar. Ao avistá-la, o guarda a cumprimentou com a cabeça e abriu a cancela. O veículo entrou no que pareceria ser um túnel rudimentar, a luz era tênue e amarela, a poeira estava por toda a parte, e o motorista mal podia ver o caminho, o túnel ficava mais estreito conforme avançavam, até que o motorista parou o veículo de forma abruta.

— Parece que vamos ser enterrados vivos. — Disse Jonas com tom brincalhão na voz.

— Não estrague o clima de suspense, Jonas. — Respondeu Michael.

De repente, eles veem uma porta de metal, que se abre automaticamente e se fecha logo após a entrada do veículo. Michael havia estudado muito as operações da Alchemy, mas não fazia ideia que existia aquele complexo. Agora estava dentro dele, se tratava de um salão de concreto em forma cilíndrica, o teto era úmido, com luzes brancas enfileiradas, haviam alguns containers que pareciam ser geradores de energia movidos à gasolina, com tubos de exaustão de gases surgindo como tentáculos de um polvo. Michael riu da ironia que aquilo simbolizava. O laboratório era uma estrutura metálica que ficava à direita da entrada do salão, à esquerda parecia ser um enorme aparelho de ar condicionado, mas Michael não tinha certeza do que se tratava.

— Caros, sejam bem-vindos ao nosso laboratório de desenvolvimento. — Disse Angelina ao abrir a porta para os dois estudantes.

O laboratório parecia muito maior por dentro do que visto pelo lado de fora, mas em nada lembrava os grandes laboratórios de ficção científica. O aspecto era extremamente rústico. Tinha a impressão de que se estava dentro de um grande container de metal, com tendas improvisadas e mesas de trabalho bagunçadas, não havia cientistas vestidos de branco, se pareciam mais como operários entrando e saindo, porém a tecnologia era de última geração, racks de computadores enormes, microscópios eletrônicos, vidraria completa para qualquer experimento de química, o que deixou Michael muito satisfeito.

— Por que nos trouxeram para cá, Michael? Não temos nada a ver com esse lance do vulcão.

— Jonas, se nosso protótipo funcionar, vai valer milhões de dólares, e aqui é um dos lugares mais seguros do mundo.

— Entendo, mas, sem querer estragar sua animação, não precisamos de luz solar para nosso projeto?

— Você tem razão, vamos ver o que eles vão propor.

El Mirador de Arequipa 14:32. Aproximadamente 10 quilômetros do Misti.

— Base na escuta?

— Afirmativo, prossiga, Pegazus 1.

— O Alvo foi visto se dirigindo para a instalação Misti.

— Copiado, Pegazus 1, nos mantenha informados.

—Meninos, vamos conhecer o dormitório de vocês?

—Não vamos para um hotel? — O olhar de Michael era de receio. "Não pode ser que vamos ficar dias confinados nesta caverna artificial ao lado de um vulcão ativo."

— Vocês vão ficar aqui mesmo, temos a estrutura necessária, e, acreditem, podem até pedir comida por aplicativo.

O dormitório era muito parecido com o laboratório, paredes metálicas, um ambiente rústico, com ventilação e iluminação artificial. Havia uma bancada na parede à esquerda da entrada, com um beliche à direita e um pequeno frigobar. A questão da falta de luz solar não saia da cabeça de Michael. A Alchemy tinha regras muito restritivas quanto a projetos inovadores, principalmente aqueles que colocam em cheque a indústria do petróleo.

—A princípio, quero que vocês façam uma lista de tudo que precisam, me entreguem ainda hoje, vamos providenciar cada detalhe para começarmos amanhã pela manhã. Os aparelhos de celular não funcionam aqui dentro, porém vocês podem acessar o que quiserem por WI-FI.

—Qual é a senha do WI-FI? — Perguntou Jonas, ainda preocupado com o confinamento.

— Não existe senha, sabemos exatamente quem usa nossa rede, quando e o porquê.

Angelina abriu um leve sorriso dessa vez. "Acho que eles já estão assustados demais, vou pegar leve."

El Mirador de Arequipa

—Base, o alvo hibernou. Ao que tudo indica, não faremos contato visual nesta noite.

— Copiado, Pegazus 1, façam turnos e revezem a vigia, não podemos deixar que nada escape a nossos olhos.

— Copiado, Base.

CAPÍTULO 3

"Mas como isso é possível? " Foi esse o único pensamento na cabeça de Michael quando um dos analistas acionou o dispositivo que transmitia luz solar. Quando acionado, uma pequena câmara quadrada de metal, que lembrava um pequeno cofre aberto, foi iluminada como se estivesse em um dia de sol. Uma abertura espelhada no fundo refletia a luz solar por um cabo preto, que visualmente era muito semelhante a um cabo elétrico.

— Amigo, se isso é uma fibra ótica, é a melhor fibra ótica que já vi na minha vida.— Michael ainda estava deslumbrado, nunca tinha visto nada parecido.

— É quase isso, é um cabo transmissor de luz, sim, mas diferente da fibra ótica, este é feito de nano tubos de carbono — respondeu o analista.

"É claro, grafeno, como não pensei nisso." Michael havia estudado muito esse novo material que iria revolucionar a tecnologia em muitos campos e sabia que o grafeno era o melhor transmissor de luz que se podia usar.

— Michael, me dê aqui esse ferro de solda.

Ele entrega a ferramenta a Jonas sem hesitar, sabia que Jonas era muito talentoso em trabalhos manuais, o que nunca foi o forte de Michael. Lembrou de quantas vezes ouviu de sua mãe que sua letra escrita era péssima. Também lembrou das várias questões anuladas nas provas que fez, os professores sempre tinham dificuldade para ler sua escrita.

A placa eletrônica que iria controlar todo o processo do protótipo estava quase pronta, faltavam apenas alguns ajustes de programação. Enquanto Jonas terminava a soldagem dos últimos componentes eletrônicos, Michael se concentrava numa tela escura de computador, com códigos quase incompreensíveis a um primeiro olhar. Michael começou a programar ainda jovem, passava as noites na frente do computador, estudando diversas linguagens de programação, ainda na era das conexões de baixa velocidade. Não se sentia expert em nenhuma, mas estava feliz por saber o básico de muitas e conseguir se virar muito bem no que precisava.

— Jonas, tudo certo aqui, podemos rodar o primeiro teste.

— Só mais um momentinho e voilá.

Angelina chegou no mesmo momento, como que por intuição, para presenciar o momento.

— Vejam só quem veio visitar seus ratinhos de laboratório. — Resmungou Jonas.

— Deixa de ser chorão e coloca esse negócio para funcionar.

Angelina sabia exatamente o que iria acontecer, um estrondo, luzes oscilando e mais uma centena de ajustes necessários. Mas admitiu que foi o protótipo mais bem feito que já viu, o equipamento tinha uma base metálica que lembrava um tambor, um cano longo que ligava o equipamento a uma caldeira e uma turbina acima da caldeira. A turbina foi reaproveitada de outros projetos da companhia, havia um painel medidor de voltagem, e assim poderiam descobrir a eficiência do equipamento. Pela lateral, o cabo transmissor de luz foi conectado. O Display marcava 00,00V, então o equipamento foi iniciado, e a voltagem permanecia em 00,00V, a turbina estava imóvel, nada de vapor, nada de eletricidade. "Como eu imaginava", pensou Angelina e virou as costas. Assim que o fez, ouviu gargalhadas e comemorações.

Quando olhou novamente para o display, ele marcava 09,03V. "Esses meninos são realmente empenhados", pensou Angelina, incrédula.

— Rapazes, deixem tudo do jeito que está, nossos analistas vão coletar evidências. Vamos sair para comemorar.

— Eu nem acredito que finalmente vou sair da toca, já estava me sentindo um tatú. – Disse Jonas sem tirar os olhos do display do equipamento.

El Mirador de Arequipa.

— Base, alvo avistado deixando a instalação.

— Sigam-os e tentem obter o máximo de informações possíveis.

— Copiado, Base.

Hoy en Día Jornal 09/07/2018 — PROTESTOS VIOLENTOS NA PLAZA DE MAYO

A Argentina registrou milhares de protestantes na Plaza de Mayo, houve conflito com a polícia, que utilizou spray de pimenta e balas de borracha para dispersar a multidão. Pelo menos 18 pessoas ficaram feridas entre manifestantes e policiais. Os manifestantes exigem que o governo tome providências quanto aos apagões. O Brasil ameaça reduzir ainda mais a cota de energia caso a Argentina não ceda aos seus termos. Foi avistado um movimento militar na Tríplice fronteira, o que acendeu um sinal de alerta na ONU. Os EUA têm alinhamento político com o Brasil e prometem não intervir.

— Pisco Sour? Não posso pedir mais uma cerveja, ou quem sabe uma Tequila?

— Não, Michael, você precisa experimentar isso aqui. — Angelina percebia que estava mais íntima dos meninos, porém sabia dos riscos de se aproximar demais e assim se esforçava para manter uma certa distância.

"Ela é incrivelmente linda e hoje está ainda mais deslumbrante." Michael estava olhando fixamente para Angelina e sentiu uma atração muito forte, mas, em seu pensamento, sabia que não havia a menor chance de uma executiva bem-sucedida e poderosa dar qualquer possibilidade de aproximação a um jovem universitário. Angelina vestia um vestido preto social, justo, mas não exagerado, e chamava a atenção de muitos homens e até de algumas mulheres que estavam no bar.

— Jonas, fique aqui com a gente! — Gritou Angelina, se sentindo desconfortável com os olhares de Michael. Jonas estava do outro lado do bar tentando falar com algumas garotas, mas estava tendo dificuldade com o espanhol.

— Angelina, pode ir ali comigo naquela mesa? Traduza para mim. — Disse Jonas de forma risonha e já meio alegre com a bebida.

— Para com isso, Jonas, vou aproveitar que você está aqui e perguntar uma coisa para ela. Qual o próximo passo com o projeto? — Disse Michel observando Angelina ficando pensativa por um instante. Ela então respondeu:

— Bom, não deu certo, então vamos ver se conseguimos fazer algo amanhã. Trouxe vocês aqui apenas para descontrair, quem sabe assim vocês conseguem pensar em coisas diferentes.

Angelina puxou um guardanapo, tirou uma caneta da bolsa e escreveu: "Não olhem agora, disfarcem, mas tem dois homens sentados no fundo do bar nos observando". Ela amassou o papel, guardou na bolsa, puxou outro guardanapo e escreveu um número de telefone, entregou para um homem bem vestido sentado próximo, deu uma piscadela e voltou para a mesa.

— Meninos sorriam, amanhã nos preocupamos com os problemas.

— Lopes, acho que ela percebeu a gente, você viu o que ela fez com aquele pedaço de papel?

— Sim, eu vi. Ela não deve ter gostado da forma que escreveu, amassou e fez outro, é um bilhete de flerte.

Lopes era um dos agentes de campo mais experientes da GODP, dificilmente se enganava com casos assim.

— Bem, vamos observar um pouco mais.

— Meninos, preciso ir embora, tenho uma reunião amanhã cedo.

Angelina pagou a conta e saiu rapidamente. Jonas e Michael estavam com a expressão de medo e a seguiram ainda meio confusos. Assim que entrou no carro, viu os dois homens na porta do bar, sem pensar, Angelina arrancou com o carro cantando pneus em direção à base de Misti. Ao olhar no retrovisor, percebeu que não estava sendo seguida.

— Meninos, estão de olho em nós, e isso é mais perigoso do que vocês imaginam, vou colocar vocês no avião amanhã de volta para São Paulo, aqui não é mais seguro, mas, antes, ainda pela manhã, vamos solicitar o registro da patente internacional no nome de vocês, pode ser que estejam atrás da ideia para roubá-la, ou destruí-la, este último é mais provável.

— Mas por que iriam querer destruí-la? — Disse Jonas confuso, buscando entender a situação.

— Se for quem eu estou pensando que está atrás de vocês, eles destroem qualquer ameaça a seu império.

— Base, o alvo nos avistou e fugiu. Acreditamos que tenham tido algum êxito com o projeto, estavam comemorando, e observamos muitos membros da equipe com euforia, desde o Misti até aqui.

— Pegazus 1, executar o plano Ares.

— Confirme a ordem, por favor, Base.

— Confirmado, executar o plano Ares.

— Copiado, Base.

O Agente Lopes já havia executado operações semelhantes, o código Ares significava exatamente como seu nome sugere, Ares do deus da guerra, eles precisavam neutralizar a ameaça, custe o que custar, ainda que com baixas. E a fuga de Angelina só indicava uma coisa: Lopes estava certo, o projeto teve êxito.

Ao chegar na base, Angelina solicitou reforço na segurança e pediu para seus analistas em patente acelerarem os trabalhos, precisavam documentar e fazer backup na nuvem imediatamente.

— Meninos, vão descansar no dormitório, falo com vocês pela manhã.

— Vamos lá, pessoal, não quero ninguém parado.

Angelina já havia lidado com crises e ataques, sabia exatamente como agir, mapear tudo, colocar os arquivos na nuvem. Tudo ficaria bem, quando, de repente, um estrondo, as luzes se apagam, os ruídos constantes das máquinas param, as luzes de emergência avermelhadas iluminam todo o salão, e os analistas congelaram na hora, olhando um para o outro, uma sirene ensurdecedora tocava em um ritmo frenético. Angelina, se recompondo após o susto, grita em direção à mesa de controle:

— Desliguem essa maldita sirene.

Do lado de fora, os agentes da GODP haviam explodido a subestação elétrica que alimentava a base. Angelina pegou o aparelho celular. Sabia que as redes WI-FI funcionavam mesmo sem energia, graças às baterias, mas o celular apresentava a mensagem que a deixou alarmada: "Sem conexão com a Internet". "Droga, cortaram os cordões de fibra ótica que nos conectam com a Internet. "Angelina passou correndo pelos analistas, entrando em seu escritório, pegou o telefone de emergência, que se tratava de uma linha direta com o QG da Alchemy, porém o mesmo estava mudo. "Estamos isolados."

— Tranquem as portas, estamos sendo atacados.

QG da Alchemy Santiago Chili

— Sim, senhora presidente, estamos trabalhando em algumas soluções inovadoras, acredito que em breve já conseguimos entregar. — Disse confiante o presidente da Alchemy, Montoya.

Do outro lado da mesa estava Arianna, com olhar cansado e desgastada. Ela já conhecia Montoya de outras empreitadas, ele passou a ser um amigo pessoal, era uma relação de trabalho mútuo, Montoya chegou a ser convidado para ser ministro de minas de energia do governo de Arianna, mas recusou, não queria abrir mão de seu cargo na Alchemy.

— Meu caro, você entende a minha situação? Estamos com o país em vias de um colapso, e vocês são o que temos de melhor em inovação tecnológica no ramo de energia. E não me venha com esse papo de hidroelétrica, sabemos que nossa geografia não nos favorece. O projeto de hidroelétrica no rio La Plata foi um desastre.

— Entendo, temos exatamente o que vocês precisam, vamos iniciar os trabalhos muito em breve. Estamos sem contato com nossa base de desenvolvimento neste momento.

— Senhor, desculpe interromper, mas precisamos lhe falar imediatamente. — Disse o chefe da segurança com o rosto suado e uma fala apressada entrando na sala sem bater.

— Só um instante, estou terminando a reunião e...

— Estamos sendo atacados na base Misti, devemos chamar as autoridades?

— Não, sabemos exatamente o que as autoridades fazem neste caso. — Disse Montoya desajeitado por receber esta notícia na frente de Arianna.

— Montoya, esta Base tem alguma relação com o projeto que você está me propondo?

— Isso mesmo, Arianna. — Prosseguiu Montoya ainda incrédulo.

— Neste caso, eu posso ajudar vocês, é de meu extremo interesse que essa base seja preservada.

Arianna discou um número no telefone celular e disse:

—Pode entrar aqui neste momento?

Em alguns instantes, o homem vestindo um impecável terno preto entra pela porta com um passo firme e olhar confiante, como se não possuísse sentimentos. Era Matias, chefe da guarda pessoal da presidente e homem de confiança, com quem trabalhava a anos.

— Matias, estamos com problemas em Arequipa, monte uma força tarefa e ajude a Alchemy a defender a Base. Nosso país precisa de um projeto que está trancado lá dentro. Neste momento, sua prioridade deixa de ser minha segurança e passa a ser a base da Alchemy. Lembre-se, sejam discretos e cooperem, não sabemos se as autoridades peruanas vão estar lá, muito menos se estarão do nosso lado.

CAPÍTULO 4

Base Misti 23:35 — Tanques de oxigênio a 98%

— Caros, estamos sem comunicação com o mundo exterior, temos oxigênio para aproximadamente vinte e quatro horas, só podemos bombear mais oxigênio com o retorno do abastecimento de energia, para abrir as portas, também com o retorno da energia. Nossas baterias alimentam apenas as lâmpadas de emergência, e os sistemas de comunicação estão inoperantes devido ao rompimento das fibras ópticas. — Disse Angelina a todos reunidos no salão principal da base. Observou o olhar de pânico na maioria das pessoas e então continuou:

— Embora a situação pareça ameaçadora, o QG a este momento já verificou que estamos sem comunicação, e estão vindo nos resgatar. Fiquem tranquilos.

Alguns segundos depois, uma segunda explosão foi ouvida. Angelina, por alguns segundos, sentiu o chão tremer sob seus pés, sentiu partículas de poeira se desgrudarem do teto e cairem sobre sua cabeça. Os funcionários reagiram com pânico, correndo em direções diferentes, se esbarrando e caindo pelo chão. Uma gritaria absurda e o caos se estabeleceram. Por um momento, Angelina sentia que estava perdendo o controle da situação, o que para ela era uma ocasião raríssima.

Do lado de fora da base Misti, alguns metros acima os agentes da GODP detonaram mais explosivos, os quais causaram deslizamento de terra, soterrando totalmente a base Misti

— Base, operação Ades concluída, alvo neutralizado.

— Entendido, Pegazus 1, bom trabalho, retornem imediatamente.

— Michael, foram duas explosões, você acha que o vulcão pode ter explodido?

Jonas estava sentado na cama de baixo do beliche, sentiu um frio na barriga e as pernas trêmulas, olhou para Michael em pé analisando a porta de aço que os prendia no dormitório, quando ele respondeu sem se virar:

— De jeito nenhum, vulcões não explodem, e isso não me pareceu nem um pouco com uma erupção. Fomos atacados. Vamos dar um jeito de sair desse dormitório.

— Olha, Michael, se nos trancaram aqui, só pode ter sido para a nossa segurança.

— Eu sei, mas sabe aquele barulho constante que nos atrapalhou a dormir à noite? Como se fosse uma turbina?

— Sei, mas o que tem isso agora?

— É a ventilação, ela parou, isso significa que não temos muito oxigênio aqui, e eu não vou ficar parado enquanto isso acontece.

Michael olhou as trancas e percebeu que seria impossível destrancar, pelo menos com os recursos que tinha a mão. "Deve haver outro jeito", pensou olhando para o outro lado da porta. As dobradiças eram bem simples, eram três, com um pino em cada, e pensou: "Se eu tivesse ao menos um martelo, seria apenas martelar os pinos de baixo pra cima, mas e se...".

— Jonas, rápido, sabe aquela banana que você não comeu no café da manhã? Coloquei ela no congelador do frigobar, ela estava cheirando estranho, imaginei que jogar no lixo não seria uma boa ideia, o cheiro ficaria insuportável, então coloquei ela para congelar.

— Tudo bem, quem vai querer comer essa banana com uma situação dessas?

— Jonas, na verdade, não quero comer, quero usá-la como martelo.

— O quê? Acho que já está faltando oxigênio aqui Michael, principalmente no seu cérebro.

— Na verdade, a banana tem muito líquido e isso a deixa pesada, e as fibras ficam muito fortes quando congeladas.

Michael começou a martelar com a banana congelada os pinos das dobradiças de baixo para cima. Quando o primeiro apontou, foi retirado facilmente com as mãos. Jonas estava incrédulo olhando o amigo, quando ele gritou:

— Anda, Jonas, me ajuda aqui.

Assim que os outros pinos foram puxados para fora, a porta foi retirada facilmente, eles a colocaram ao lado sem fazer muito barulho. Assim que saíram, notaram que a luz vermelha era a mesma de seu quarto, a gritaria havia passado, não fossem alguns murmúrios e passos distantes, a base estaria em silêncio, notaram que a temperatura começava a subir gradativamente, e o ar estava ficando pesado, difícil de respirar, e a poeira suspensa no ar aumentava a sensação de sufocamento.

Base Misti 02:29 — Tanques de oxigênio a 72%

— Lopes, fomos flanqueados.

Gritou o agente De Carlo enquanto jogava a arma no chão e levantava as mãos. Lopes apontava a arma para um soldado que o abordava, quando outro o rendeu pelas costas. Ambos os agentes da GODP foram imobilizados e arrastados para um veículo parado a alguns metros dali. Holofotes foram ligados e máquinas começaram a chegar, soldados argentinos em parceria com funcionários da Alchemy começaram a trabalhar instintivamente, parecia uma operação de guerra. Poucos minutos depois do alarde, as forças policiais peruanas também chegaram ao local e se uniram às forças tarefa.

— Mas o que é que vocês acham que estão fazendo? Voltem já para o dormitório. — Esbravejou Angelina.

— E como é que vocês saíram...? Não importa, voltem, agora.

— Angelina, o que aconteceu? Nós podemos ajudar. — Disse Michael, se mostrando muito confiante. Angelina os puxou pelo braço e os levou para o canto:

— Fomos atacados, estamos isolados, sem comunicação com o mundo exterior, sem energia e com as saídas bloqueadas. Mas vão nos resgatar em breve, já escutamos ruídos de máquinas trabalhando no exterior.

— Quanto temos de oxigênio?— Perguntou Michael preocupado.

— Aproximadamente 20 horas, mas não sabemos ao certo.

— Precisamos de energia para ligar as bombas de oxigênio.

— Michael, a energia foi cortada pelo exterior, e sei como seria animador para você, se seu protótipo salvar nossas vidas, mas não temos CO2 suficiente para isso, nem material necessário para reconstruir o protótipo numa escala maior.

— Na verdade, Angelina, minha ideia é colocar aquela parafernália ali para funcionar.

Michael apontou para o grande gerador no fundo do salão, era uma máquina imensa, emergindo de dentro da rocha, lembrava muito uma perfuratriz de túneis, em formato cilíndrico com cor metálica. Diversos cabos a ligava a uma mesa de controle, a maior parte do equipamento estava dentro da rocha, chegando até a chaminé do vulcão onde entrava em contato com o Magma, e a base Misti foi construída ao seu redor e com o propósito de fazê-lo funcionar, porém empecilhos técnicos foram surgindo com o passar do tempo, e o projeto foi ficando para trás. O projeto original era fornecer energia limpa onde se pudesse perfurar o solo até o magma, e, assim, extrair energia geotérmica e convertê-la para energia elétrica.

— Ela não funciona, tentamos de tudo, milhões de dólares foram gastos, e as mentes mais brilhantes da Alchemy já trabalharam nela, mas não conseguimos descobrir o motivo.

Angelina já havia gastado energia demais naquele protótipo e, pior que isso, havia gastado quase todo seu crédito político dentro da companhia. Sentia uma angústia muito grande dentro de si toda vez que olhava para aquela máquina enorme e inútil. "O elefante branco."

— Angelina, só me deixe ler rapidamente o projeto, posso dizer se posso colocar para funcionar ou não.

— Garoto, ela não vai funcionar, mas, se você insiste, o projeto está no meu escritório, temos uma cópia impressa, pasta 4, no armário do fundo.

Angelina sabia que não havia a menor chance de a máquina funcionar, mas seria bom distrair aqueles jovens, animação demais não era o que ela precisava a esta altura.

Base Misti 04:11 — Tanques de oxigênio a 52%

— Pessoal, sistemas de comunicação restabelecidos, a fibra ótica e o telefone de emergência já estão conectados. — Gritou um dos técnicos que trabalhavam no exterior da Base.

QG da Alchemy

— Restabeleceram a comunicação.

Montoya vibrou com a notícia e agora estava torcendo para Angelina tentar usar novamente, uma vez que o telefone celular continuava sem comunicação. "Ela deve ter desligado para economizar bateria e utilizar a lanterna, ou algo assim." Mas tinha certeza que cedo ou tarde ela iria tentar a conexão.

— E esse tal telefone de emergência? — Questionou Arianna.

— Ela não atende, não deve estar no escritório

Então Montoya sentiu um mal-estar, seu rosto murchou, e ele foi tomado por um pensamento sombrio: "Será que todos morreram?".

Base Misti 05:00 — Tanques de oxigênio a 49%

— Michael, o que tem de novo nesse protótipo de energia geotérmica? Já existem usinas assim, inclusive, elas são pouco eficientes e muito caras.

— Não, Jonas, esse aqui é muito diferente. Veja bem, as geotérmicas convencionais utilizam fontes de água termais, que produzem vapor naturalmente, aqui temos algo totalmente diferente, o calor é extraído diretamente do magma, assim não é necessário o vapor de água, lembra do efeito *seeback*? É isso que eles estão usando aqui, só que numa escala milhares de vezes maior.

— Lembro de uma experiência que fizemos no laboratório, conectamos um fio de um voltímetro diretamente a um fogareiro, e um fio de ferro, do fogareiro até um becker com água, aí conectamos um fio de cobre neste até o voltímetro, fechando o circuito, e me lembro que gerou alguma eletricidade, apesar de bem baixa.

— Isso mesmo, aqui, um dos polos está em contato direto com o magma terrestre, a temperatura neste ponto pode chegar a 1500 graus Celsius. Com a liga metálica certa, os elétrons sairiam correndo como em uma explosão. Se perfurar mais, pode-se alcançar até 3000 graus Celsius.

— Certo, Michael, mas e o polo gelado?

— Jonas, meu amigo, estamos em Arequipa, neste ponto, a quase quatro mil metros de altitude, existe uma torre lá fora, que capta a baixa temperatura da atmosfera e gera o diferencial de calor que a gente precisa.

Jonas parou por alguns segundos e respondeu:

— Como esses caras criaram isso? Que ideia maluca foi essa? Certo, e se essa teoria estiver correta, por que não funciona?

— Está vendo este documento aqui? É o relatório dos últimos testes, vamos responder a sua pergunta agora.

Michael folheou os testes, leu brevemente alguns parágrafos, tentava se concentrar ao máximo para entender o que havia acontecido.

— Jonas, estão escondendo alguma coisa, esse documento não parece completo.

rece completo.

CAPÍTULO 5

Hoy en Día Jornal

PRESIDENTE VIAJA EM MEIO A PROTESTOS

A presidente Arianna está viajando para o Peru. Em meio a protestos cada vez mais violentos, ela parece abandonar a nação, cidadãos exigem *impeachment* imediato. O líder da extrema direita lidera o movimento *pró-impeachment* e promete que, destituindo a presidente, um acordo na tríplice Fronteira seria feito no mesmo dia, uma vez que sua orientação política é alinhada com o governo extremista do Brasil.

Base Misti 05:32 — Tanques de oxigênio a 44%

"Certo, logo vão nos tirar daqui." Angelina estava preocupada, mas confiava no trabalho de sua equipe, sabia que em breve eles seriam resgatados. Decidiu sentar por um instante, quando uma notificação surgiu em seu celular, era seu aplicativo de entrega de refeições: "Olá, Angelina, quer um cupom hoje? ". Angelina prometia para si mesmo remover este aplicativo de seu celular para melhorar sua alimentação, preparar mais suas próprias refeições, mas sempre sedia à comodidade dos *apps* de *delivery*. Esses cupons costumavam irritá-la com facilidade, mas desta vez ela sentiu uma alegria imensa ao ver a notificação.

—Temos comunicação! —Gritou Angelina para todos.

Neste exato momento, pegou o comunicador e ligou para o presidente da Alchemy.

—Montoya, me ouve?

—Oh, meu Deus, pensei no pior, como é bom ouvir sua voz.

—Igualmente, meu amigo, o que aconteceu? Sabe nos dizer?

—A Base foi atacada, a porta foi obstruída, não conseguimos abrir por fora, talvez por dentro, os escombros entraram em parte do salão, mas não chegariam até vocês.

—Conseguem ligar nossa energia?

—Não, a subestação foi destruída, assim como a transmissão de energia para dentro da Base. Vocês têm apenas as baterias, a perfuratriz está a toda velocidade, assim que alcançarmos vocês, podemos passar um cabo com energia elétrica para religar a porta, o bombeamento de oxigênio ou o que mais precisarem, está sob controle.

—Qual a previsão para nos alcançar?

—15 horas, aproximadamente.

Angelina abriu rapidamente um *app* em seu smartphone que controlava o sistema de ventilação da Base. Um alarme vermelho piscava na tela, e a mensagem dizia: Tanques de oxigênio a 42%

— Montoya, honestamente, não sei se teremos esse tempo, estamos com pouco oxigênio.

— Certo, peço que não façam nada, deitem e respirem devagar, evitem conversar, economizem o máximo que puderem.

—Certo, obrigado, Montoya, me mantenha informada, por favor.

Angelina andou calmamente pelo salão, seguindo a orientação

de Montoya, avisou a todos para se deitarem e procurarem não conversar. Dentro do escritório, Michael podia ouvir o som que os salto altos de Angelina fazia no corredor. "Nossa, como eu amo esse som", pensava, imaginando seu andar gracioso e como ela se vestia bem, seu cabelo castanho liso escorrendo até a cintura. Angelina tinha um rosto fino, olhos castanhos, corpo bem torneado e chamava muito a atenção por onde passava. "Acho que ela é a mulher mais bonita que eu já vi."

— Terra chamando, Terra chamando Michael… — Jonas chamou a atenção do amigo,

— Oi, Jonas, e se…

— Parem tudo e vão dormir, precisamos poupar oxigênio. — Disse Angelina de maneira desanimada.

— Jonas, vá indo para o dormitório, já encontro você lá. Vou dar uma palavrinha com a Angelina.

Assim que Jonas saiu, Michael sentiu um arrepio na espinha. Angelina possuía um olhar intimidador, e àquela altura a vida das pessoas dentro da Base estava correndo perigo, com isso em mente, Michael foi enfático:

— O que aconteceu com o gerador geotérmico? Eu posso colocá-lo para funcionar.

— Garoto, escute bem, ele nunca vai funcionar, não foi bem construído, foi uma grande perda de tempo e dinheiro. Este seu projeto poderia recuperar parte do investimento, ou quem sabe até todo o investimento desta base, mas agora ele também corre perigo, só temos este protótipo que está no laboratório e nada mais.

Michael olhou bem para ela, tentando conquistar sua confiança, olhou um momento para sua calça jeans surrada e os tênis de basquete, sabia que era apenas um moleque para ela, mas, se chegou até ali, não pensava em desistir.

— Angelina, algo aconteceu, os registros parecem incompletos…

— Eu sei, esse é um dos motivos deste projeto nunca ter sido revelado para a imprensa. Eu vou te contar esta história, mas não agora, precisamos economizar oxigênio.

— Tudo bem, só me diga o empecilho técnico.

— Você é tão persistente que chega a ser chato, sabia? A ponta de contato de magma do reator foi construída com titânio.

— Bom, o ponto de fusão do titânio é de 1600 graus Celsius, então deveria funcionar — Disse Michael tentando impressionar Angelina.

— Em teoria, sim, porém, quando ligamos o gerador, a transmissão funciona como uma resistência e aquece. O calor, somado à temperatura do Magma, chega muito próximo do ponto de fusão.

— Entendi, e não conseguimos ligar apenas para gerar energia para abrirmos a porta?

— Não, ele foi projetado para recuar a ponta, fechando a comporta, assim, podemos trocar a ponta de contato quando precisarmos, e, neste momento, a ponta está recuada, e não temos energia para reinserir, até porque a base deve ser evacuada para a reinserção, os gases vulcânicos nos matariam se houvesse um vazamento. Estamos fazendo experimentos, iremos revestir com um material mais fino e com ponto de fusão maior que o titânio

— Você só pode estar de brincadeira, vocês têm mais grafeno aqui? Faz sentido, o ponto de fusão do grafeno é de mais de 3000 graus Celsius.

Michael abriu um sorriso enorme, Angelina ficou confusa, olhou bem para ele e respondeu:

— Sim, temos algumas placas, elas são bem finas.

— Da espessura de um átomo. — Respondeu Michael eufórico.

— Mas é somente experimental, é muito caro produzir grafeno em massa. — Retrucou Angelina.

—Eu te daria um beijo agora, sabia?

Michael se arrependeu no momento em que disse essa frase e voltou ao assunto rapidamente:

—Vou usar seu grafeno no meu protótipo, vai potencializar a conversão, conseguiremos restabelecer a energia por alguns segundos, talvez o suficiente para reabrir a porta.

CAPÍTULO 6

Base Misti 08:52 — Tanques de oxigênio a 29%

— Chefe, precisamos de mais uma broca aqui. — Gritou o técnico que operava a perfuratriz com força total.

— Só temos mais uma broca, muito cuidado com esta, se ela se quebrar, pode ser que essas pessoas não sobrevivam. Cuidado com a transmissão também, só temos esta.

— Sim, senhor chefe.

Angelina sentou sobre um estojo de transportes de equipamento, estava com os olhos vermelhos, piscando fundo, passaram a noite em claro e sob grande pressão, seu corpo pedia descanso, mas ela era teimosa demais para se entregar. Olhou a animação dos garotos e lembrou de quando tinha vinte e poucos anos e era a animação em pessoa. "Eu não estou velha e não perco em nada para essa molecada." Ela se aproximou de Michael e perguntou:

— Como estamos?

— Fazendo alguns ajustes. Em alguns minutos, podemos conseguir alguma coisa.

— Vou para o escritório, me mantenha informada.

Angelina saiu caminhando com o andar imponente de sempre. Quando entrou no corredor e não estava mais sob o olhar de ninguém, relaxou, abriu a porta e entrou já tirando os sapatos, deitou no sofá e fechou os olhos. "Vamos descansar só um pouquinho aqui", pensou. Estava exausta e acabou cochilando um pouco. Do lado de fora do escritório, todos os analistas estavam empenhados no protótipo, reposicionando os cabos elétricos, outros estavam nas mesas de controle fazendo alterações nos equipamentos. Todos sabiam que teriam apenas alguns segundos de energia e apenas uma tentativa.

— Pessoal, mais trinta minutos e estaremos prontos. — Gritou Michael para todos que estavam trabalhando. "Falta apenas um detalhe, o CO2. De onde vou tirar isso? A concentração aqui está muito baixa." Michael estava com o medidor de concentração de CO2 em mãos e sabia que não era o suficiente. "Melhor ir falar com Angelina."

Base Misti 09:19 — Tanques de oxigênio a 18%

Michael abriu a porta do escritório e observou Angelina deitada no sofá. Ao entrar, tropeçou nos sapatos pretos de salto alto que estavam na porta. "Eu nunca vou esquecer esses saltos". Ao se aproximar, parou por alguns segundos e ficou a observando, e a cada detalhe a achava mais bonita, mas não só isso, quanto mais a conhecia, crescia uma atração por seu lado intelectual, até por seu jeito mandão, seu olhar confiante e a impressão que ela passava de que tudo estava sob controle. Então ele se ajoelhou próximo ao seu rosto, tirou lentamente os cabelos castanhos brilhantes de seu rosto, e neste momento, Angelina, que parecia estar dormindo, disse com os olhos ainda fechados:

— Posso te ajudar em alguma coisa?

Michael se assustou e ficou sem graça, não queria demonstrar que sentia atração por ela, mas a este ponto ele sabia que era quase impossível.

— Angelina, precisamos de CO2.

— O quê?

Angelina ouviu as palavras, mas a morfologia da frase não conseguia ser processada por seu cérebro cansado.

— CO2, precisamos aumentar a concentração.

— Me dê um segundo, por favor.

Angelina se levantou e foi até um pequeno banheiro que havia dentro de seu escritório, deixou a porta entreaberta enquanto lavava seu rosto para despertar. Michael olhava rapidamente e desviava o olhar, com o receio de ser pego a observando, mas olhar era inevitável. Angelina saiu do banheiro e falou:

— Em breve você vai ter muito CO2. Quando o oxigênio acabar dos tanques, e estiver apenas no ambiente, a concentração vai subir rapidamente, e você vai ter seu CO2.

"Isso pode funcionar", pensou Michael, mas, se não funcionar, seria o fim, Michael sabia disso.

— Tenho uma ideia maluca, o gerador geotérmico expele gases vulcânicos, certo? E tem muito CO2.

— Sim, garoto, mas isso nos mataria.

— Mataria, sim, mas se for por apenas alguns segundos para abrir a porta. Vamos deixar como plano B, tudo preparado, e liberar o gás no ambiente caso precisemos.

Angelina sabia que isso era perigoso, mas sabia também que o momento estava se tornando crítico, e qualquer ideia àquela altura não poderia ser descartada.

— Ao lado esquerdo do gerador, existe uma escotilha de manutenção. Se ela for aberta, o salão principal vai ser inundado com gases vulcânicos.

— Certo, vou pedir para o Jonas ficar a postos na escotilha.

— Não, ele morreria, o calor dos gases o mataria instantaneamente, acredito que não temos como fazer isso.

Michael ficou pensativo e foi até Jonas, explicou o que havia descoberto, sobre a escotilha de gases e seus riscos, Jonas concordou que o risco era enorme e que o melhor talvez fosse descartar a ideia. Mas, ainda assim, Michael pensou em correr até a escotilha caso fosse necessário.

Base Misti 10:55 — Tanques de oxigênio a 3%

— Droga, droga.

O operador da perfuratriz percebeu uma vibração incomum no equipamento. "Pode ser que tenha pegado algum material mais duro, ou pior, a broca pode estar chegando ao fim."

— Andem logo com essa perfuratriz, a broca está dando sinal de que não vai aguentar! — Gritou o operador da perfuratriz para os homens que tentavam limpar os escombros que bloqueavam a entrada principal. A vibração aumentou, e por fim escutou-se um barulho de metal se rompendo. O operador desliga o equipamento, retira o rádio do bolso e fala:

— Pessoal, acabou aqui, não temos mais como perfurar. É com vocês agora.

Angelina já sentia a qualidade do ar dentro do salão diminuir quando seu aplicativo comunicador recebe uma ligação.

— Minha querida amiga, a perfuração não vai chegar até vocês a tempo. Vocês precisam energizar a porta, estamos retirando os escombros, mas talvez não cheguemos a tempo.

— Montoya, eu entendo, vamos ver o que conseguimos.

Angelina desligou e olhou o painel medidor de oxigênio que já marcava 2%. Ela então se dirigiu ao salão principal e pediu para reunir com todos. Então começou a falar:

— Caros amigos, nosso oxigênio está chegando ao fim. Dentro de alguns minutos, vamos ficar somente com o que está presente no salão, vocês vão sentir um incômodo, falta de ar, pressão no peito e tontura, mas temos uma tentativa de ligar a porta, para criar uma abertura talvez suficiente para que o ar entre ou para que nos resgatem. Mas não temos como garantir que vai funcionar, e só teremos uma chance.

Ela fez uma pausa, pensou por alguns segundos e prosseguiu:

— Peguem seus smartphones, escrevam para a família de vocês, façam ligações e videochamadas, se despeçam.

O clima era de comoção, e o que mais chamou a atenção de Angelina é que não houve pânico, houveram abraços e apertos de mãos, e, então, sob a luz fraca avermelhada do salão, viu muitas telas de telefones celulares, o que lembrava os shows de rock ao melhor estilo Freddie Mercury. Seu smartphone vibrou, quando ela olhou, o alarme vermelho piscante mostrava: Oxigênio a nível crítico 0%. Neste momento, Angelina se lembrou do que viveu até ali e sabia que tinha conquistado muitas coisas. Sem o apoio de seus pais, havia sofrido muito e superado cada expectativa. Então ela se sentou quando Michael grita:

— Concentração de CO_2 aumentando, se preparem.

O ar estava cada vez mais pesado e difícil de respirar, as pessoas começaram a tossir e sentir mal-estar. Angelina percebe, ao puxar o ar, uma sensação de que não fazia diferença puxar o ar ou não, como se seus pulmões tivessem sido perfurados, a visão estava ficando turva lentamente, a sensação era muito pior do que ela havia imaginado. Uma tontura se abateu sobre ela, então ela olhou para Michael, e ele, sem tirar as mãos dos controles, olhou de volta, ambos se encararam por alguns segundos, e, sem desviar o olhar um do outro, Michael começou uma contagem regressiva:

— 5...4...3...2...1... Agora!

Angelina estava prestes a desmaiar, olhou para o voltímetro e observou que marcava 49 Volts. A porta era movida por um motor elétrico, muito parecido com os residenciais de 120 volts. Aquela voltagem não era suficiente, e haviam apenas alguns segundos de carga. Mas, embora ela estivesse quase perdendo a consciência, sabia exatamente o que fazer. Prendeu a respiração e se dirigiu com dificuldade para a escotilha que retém o fluxo de gases. As pernas estavam trêmulas, ameaçando dobrarem involuntariamente, não sabia se conseguiria chegar. Uma crise de tosse começou, mas ela insistiu em andar, sabia que todos morreriam se não conseguisse. Já estava no meio do caminho quando ouviu o grito de Michael do outro lado do salão:

— Não, Angelina, você vai morrer!

Ela parou um segundo, olhou para ele, sorriu e continuou a andar. Angelina já imaginou como seria sua morte muitas vezes, mas jamais pensou que seria assim, achou que ficaria assustada, que seria uma sensação horrível, mas, enquanto caminhava em direção à escotilha, estava calma, se sentia bem mentalmente, sabia que era o certo a ser feito, que salvaria muitas vidas. Olhou mais uma vez para Michael, ele estava aflito, não poderia soltar os controles, mas ela continuou. Restavam apenas alguns metros quando sentiu um solavanco nas costas e caiu de forma bruta, batendo com a cabeça. Era Jonas, ele a havia jogado no chão com força e passou por ela como um foguete, foi até a escotilha e a abriu o mais vigorosamente que pode. Os gases eram tão quentes que passaram pelo corpo dele como se ele fosse uma barra de manteiga derretendo. Angelina desviou o olhar, não podia acreditar no que via. Ao olhar para o lado, viu o voltímetro que marcava

98 volts e perdeu a consciência.

Michael observava tudo do outro lado do salão, sem soltar o controle, nada podia fazer pelo amigo de tantos anos, sentiu uma tristeza profunda, sentiu vontade de gritar, seguida de náuseas que lhe reviraram o estômago. Olhou para Angelina desmaiada no chão, e os gases invadindo a sala e chegando até o receptor do protótipo, então virou a chave para abrir a porta. A visão ficava cada vez mais embaçada, sentiu um suor frio escorrer pela testa, prendeu a respiração e lutou ao máximo para se manter consciente, ouviu um som de metal retorcendo e viu o primeiro raio de sol entrar pela fresta da porta e muitos destroços indo em sua direção. O barulho era assustador, um estrondo tão alto quanto de um trovão, então se lançou o mais longe que pôde da porta, perdendo a consciência.

CAPÍTULO 7

—Ei, encontrei um aqui, está respirando, tragam o oxigênio e a maca.

O bombeiro encontrou Michael desacordado, com ferimentos em todo o corpo coberto de poeira, estava respirando de maneira fraca. O bombeiro colocou a máscara de oxigênio, assim que ela chegou, e um colar cervical, pois não tinha certeza da integridade da coluna vertebral de Michael.

—Certo, pessoal, vamos tirá-lo com cuidado.

Os bombeiros retiraram Michael. A um primeiro olhar, parecia não ter sofrido ferimentos graves, apenas escoriações leves. O colocaram no helicóptero e levaram para o hospital. No caminho, Michael recuperou a consciência, mas ainda estava confuso:

—Encontraram ela? Por favor, me respondam, encontraram a Angelina? — Dizia ele com a fala mole e puxando o ar com dificuldade.

—Calma, garoto, estamos trabalhando lá, ainda tem muita gente para encontrar.

—E Jonas? Ele sobreviveu?

Michael viu com clareza o que havia acontecido com o amigo, mas se recusava a acreditar.

—Como eu disse garoto, fique tranquilo, descanse, estamos trabalhando com tudo que temos.

Montoya havia mobilizado o máximo de recursos que podia e tentava desesperadamente entrar em contato com Angelina. Um analista de TI estava ao lado tentando rastrear o sinal de GPS de seu smartphone.

—Senhor, totalmente sem sinal.

—Continue tentando, por favor.

"O que aconteceu? Estou viva? " Angelina respirava com dificuldade, mal podia sentir seu corpo, não conseguia abrir os olhos, tentou mover os braços para limpá-los, mas eles estavam bloqueados. Conseguia respirar por uma pequena fresta, o ar estava com muita poeira, e sentiu uma ardência na garganta e nos pulmões. A combinação dos gases com a poeira no ar estava o tornando quase impossível de respirar, ela estava fazendo um esforço muito grande para se manter calma e prestou atenção ao seu redor. "Ouço sons de escombros sendo revirados, Michael conseguiu, a porta foi aberta, e os escombros invadiram o salão. E Jonas, meu Deus, o que aconteceu com esse menino? Não, Angelina, agora você deve pensar em você, pare, escute... Estão revirando os escombros, devem ser bombeiros." Angelina tentou murmurar na tentativa de alertá-los, ficou receosa de abrir a boca e se engasgar com pedras e poeira, mas o murmúrio não surgiu efeito, a poeira entrava em suas narinas, a fazendo engasgar e perder o ar, sentia que sucumbiria a qualquer momento.

"Ok, vamos ver o que consigo mover, pernas e braços bloqueados, vamos tentar os pés." Quando ela moveu os pés, sentiu um deslizamento sobre os mesmos e uma dor lancinante. "Alguma coisa está pressionando meu pé, deve ser um pedaço de concreto, melhor não o mover mais." Ela sentiu então um movimento pressionando seu tórax, e o ar estava cada vez mais difícil de respirar. "Droga, Angelina, pensa, agora não é hora de perder a calma." Sem conseguir levantar os braços, percebeu que sua mão esquerda estava muito próxima de sua coxa, e, tateando, conseguiu chegar até o smartphone que estava em seu bolso. "Bem, não posso olhar para ele, não posso usá-lo para ligar. Mesmo se eu pudesse ver, o touchscreen não funcionaria com essa poeira toda." Ela continuou tateando e encontrou o botão de volume do aparelho. "Já é alguma coisa, vamos aumentar o volume, torcer para alguém me ligar pelo comunicador e rezar para a rede wi-fi ainda estar funcionando... Improvável, talvez até impossível."

Angelina cuidou pessoalmente da construção da base Misti e sabia que tudo que foi utilizado foi da melhor qualidade possível, o cabeamento era blindado, os access points de wi-fi eram industriais, resistentes a poeira, calor e outras condições adversas. "Tem outro problema, alguém tem que me ligar." Angelina tentou respirar mais devagar, estava quase sufocando, precisava manter a calma. Escutou vozes acima dela, sabia que não estavam longe, estavam chegando cada vez mais perto. "Acho que só tenho que esperar, vão me encontrar." O tempo foi passando, e a falta de oxigênio era implacável, sentiu a eminente sensação que iria perder a consciência mais uma vez. Tateou o smartphone mais uma vez, encontrou o botão liga/desliga e instintivamente segurou até o smartphone desligar. Como o volume havia sido colocado no nível máximo, ele emitiu um ruído ao desligar, e ela sabia que iria emitir outro ao religar. "É isso, desligar e ligar o máximo de vezes que eu puder." Angelina conseguiu repetir o processo algumas vezes e escutou as vozes ficando mais intensas, mas não conseguia compreender o que diziam.

— Pessoal, ouvi um ruído vindo deste local aqui. Parece um som de um celular iniciando.

Um som muito comum, que todos os smartphones daquela

marca faziam, esta marca, inclusive, era conhecida por este ruído irritante. O bombeiro começou a escavar com cuidado, retirando pedaços de escombros e viu o que parecia ser um rosto:

— Tem uma pessoa aqui, me ajudem.

Angelina ainda estava acordada, lutando para respirar, o bombeiro então limpou seu rosto com uma toalha e colocou a máscara de oxigênio. Quando ela sentiu o oxigênio voltando para seu corpo, a sensação foi de grande alívio. "Acho que vou escapar dessa." Ela já tinha saído de muitos apuros durante a vida, mas a sensação de morte eminente era nova para ela e ainda não sabia como lidar com isso. "Tente relaxar, garota, depois pensamos nisso."Ao chegar na tenda de atendimento, escutou o médico falar, mas não conseguia responder.

— São ferimentos graves, vou colocá-la em coma induzido. Se ela se mover, as fraturas podem ficar piores, e levem imediatamente para o hospital.

Ela tentou impedir a ação, mas não tinha forças para falar e só tinha a opção de ceder. Ceder definitivamente não era uma área muito boa de Angelina. Quando a medicação foi aplicada, ela sentiu o líquido frio correndo em suas veias, e imediatamente as dores que estavam por todo seu corpo foram cessando, do centro para as extremidades. Os olhos ficaram pesados, quase impossível de mantê-los abertos, viu muitos rostos desconhecidos, e entre eles pensou ter visto o rosto de Arianna. "Arianna, é você? ", pensou ela no momento em que os olhos se fecharam e seus pensamentos se tornaram um limbo.

Capítulo 8

— Bom dia, Bela Adormecida.

Arianna observou Angelina abrir os olhos ainda em confusão,

dois dias após sair do coma induzido.

— Minha cabeça dói demais. Mas você me parece muito bem.

— Sim, estou bem, e tem uma pessoa aqui que quer te ver.

Michael entrou pela porta em uma cadeira de rodas.

— Meu Deus, Michael, você está bem?— Disse Angelina com um olhar de profunda preocupação. Pensou por um momento no carinho que havia criado por ele.

— Estou muito triste por Jonas, ele foi o melhor amigo que uma pessoa poderia ter.

Angelina lembrou do incidente na base Misti com clareza e como o heroísmo de Jonas lhe salvou a vida. Sentiu uma dor profunda, e as lágrimas começaram a escorrer pelo seu rosto. Michael era mais contido, não demonstrava muito seus sentimentos, mas neste caso o abatimento era visível em seu rosto. Após um minuto em silêncio, Michael abre um sorriso tímido e diz:

— Sabe de uma coisa? A Alchemy ganhou notoriedade com o caso, houve uma comoção mundial, e as ações subiram trezentos por cento no último pregão. O senhor Montoya acabou de me ligar, vou construir um laboratório nos Estados Unidos, voltado unicamente para desenvolver novos combustíveis e fontes de energia renováveis, e a única exigência dele foi que eu o fizesse sob sua supervisão.

— Achou que iria se livrar fácil de mim, não é mesmo, garoto? — Angelina riu com dificuldade.

— E tem mais. — Se antecipou Arianna.

— Sabe, como apoiei o projeto de vocês desde o começo, e com a comoção mundial, as coisas se acalmaram na Argentina, conseguimos lidar com os problemas no Brasil e restabelecemos o abastecimento de energia. Sabe, Angelina, em nome da Argentina, eu te entrego isto.

Arianna entregou um envelope preto com fonte dourada. Angelina, desconfiada, abriu o envelope e leu incrédula o que dizia o texto:

"Senhorita Angelina, a nação Argentina lhe convoca solenemente para a cerimônia de condecoração e recebimento do Colar da Ordem do Libertador San Martín." O Colar da Ordem do Libertador San Martín é a maior condecoração da nação Argentina a um estrangeiro.

— Eu gostaria de te convidar para ser Ministra em meu governo, mas parece que você tem uma missão maior com meu amigo aqui — Disse Arianna.

— Bem, eu não sei o que dizer. — Disse Angelina muito emocionada.

— Agora não diga nada, descanse, minha amiga. — Completou Arianna.

Michael, ainda emocionado, ainda estava com "uma pulga atrás da orelha", o projeto de aproveitamento de energia geotérmica tinha uma falha, faltavam páginas, tinha algo muito estranho, e sabia que aquele não era o melhor momento, mas foi vencido pela ansiedade e questionou:

— Angelina, sei que não é o melhor momento, mas preciso entender uma coisa.

Arianna percebeu que o momento seria sensível, então sorriu e deixou o quarto. Michael então prosseguiu:

— Sobre o projeto de energia geotérmica...

Angelina respirou com calma, ficou pensativa, não sabia se deveria se abrir neste momento, mas a confiança em Michael cresceu muito, se sentiu em um ambiente seguro e disse:

— Michael, quando aquele projeto estava em seu auge, fomos sabotados, existia um funcionário dentro da Base que estava agindo como um "agente duplo", ele trabalhava para uma organização que tinha o objetivo de destruir o projeto, então eu montei um dossiê, com todas as provas necessárias, mas me ameaçaram, ameaçaram meus amigos e o pouco de família que tenho por aí.

Angelina sabia que não poderia se estender muito sobre esse assunto, era algo que deveria ser falado com muito cuidado, e o hospital não era o melhor lugar para aquela conversa, então prosseguiu:

— Aquelas páginas faltantes, eu destruí, para a minha segurança.

— Entendo, Angelina, desculpe perguntar isso neste momento.

— Tudo bem, meu amigo.

Angelina havia salvado o arquivo completo do projeto, incluindo o dossiê em uma pasta criptografada em um serviço de armazenamento na nuvem, e somente ela sabia da existência deste arquivo. Pensou em contar para Michael, mas no momento certo.

EPÍLOGO

Comitê Emergencial da GODP

— Caros amigos, com a comoção mundial gerada pelo incidente da Alchemy, teremos que usar métodos menos extravagantes. Desta forma, eu fui eleito por unanimidade para ser presidente desta instituição poderosa e proteger o que eles querem tirar de nós há anos: nosso poder de compra, nossa herança, aquilo que nossos países construíram com suor de seus rostos e os calos de suas mãos. Senhores, eu os tranquilizo, vou acompanhar de perto cada passo, cada avanço, e garantir que a indústria do petróleo irá renascer das cinzas como uma fênix flamejante!

Sob aplausos frenéticos, Montoya deixa o púlpito com andar confiante e a certeza de que o ocorrido foi apenas um pequeno passo para trás diante do terreno que agora seria percorrido.